快乐魔法学校

④ 许愿笔记本

© 2016, Magnard Jeunesse

本书简体中文版专有出版权由Magnard Jeunesse授予电子工业出版社。未经许可，不得以任何方式复制或抄袭本书的任何部分。

版权贸易合同登记号 图字：01-2023-4943

图书在版编目（CIP）数据

许愿笔记本 ／（法）埃里克·谢伍罗著；（法）托马斯·巴阿斯绘；张泠译. --北京：电子工业出版社，2024.2
（快乐魔法学校）
ISBN 978-7-121-47223-7

Ⅰ.①许… Ⅱ.①埃… ②托… ③张… Ⅲ.①儿童故事-法国-现代 Ⅳ.①I565.85

中国国家版本馆CIP数据核字（2024）第034474号

责任编辑：朱思霖　文字编辑：耿春波
印　　刷：北京瑞禾彩色印刷有限公司
装　　订：北京瑞禾彩色印刷有限公司
出版发行：电子工业出版社
　　　　　北京市海淀区万寿路173信箱　邮编：100036
开　　本：889×1194　1/32　印张：13.5　字数：181.80千字
版　　次：2024年2月第1版
印　　次：2024年2月第1次印刷
定　　价：138.00元（全9册）

凡所购买电子工业出版社图书有缺损问题，请向购买书店调换。
若书店售缺，请与本社发行部联系，联系及邮购电话：(010) 88254888，88258888。
质量投诉请发邮件至 zlts@phei.com.cn，盗版侵权举报请发邮件至 dbqq@phei.com.cn。
本书咨询联系方式：(010) 88254161 转 1868，gengchb@phei.com.cn。

[法]埃里克·谢伍罗 著　[法]托马斯·巴阿斯 绘　张泠 译

快乐魔法学校

④ 许愿笔记本

电子工业出版社
Publishing House of Electronics Industry
北京·BEIJING

目录

第一回　好运当头　　　　　　　5

第二回　许愿时间　　　　　　　13

第三回　如果你觉得时机正好……　21

第四回　非常有可能　　　　　　27

第五回　没有别的办法　　　　　33

第六回　当然啦!　　　　　　　　39

第一回
好运当头

终于到周末啦!我跟摩图斯一起去游乐场玩。游乐场里充满欢声笑语,我俩跑来跑去,别提多开心了!

"快来,摩尔迪古斯!我们去玩飞椅!"摩图斯兴奋地喊着。

我假装迟疑了一下,然后说:"哎呀,飞椅太小儿科了!"(其实是我害怕坐飞椅会恶心到吐出来。)

"那咱们去玩飞毯吧!"

"呃……我妈妈不让我玩飞毯。"(其实是我害怕会掉下来。)

"那幽灵火车怎么样?"

"哦,我妈也不让我玩,而且那个一点儿也不吓人!"(其实,还是我不敢玩……)

"那,玩什么?你说吧!"

我环顾了一下四周,哎,离我们不远,就有一个完全没危险的项目。我指给摩图斯看:"魔爪!我们就玩这个吧!"

"好吧。"

魔爪玩起来很简单,只要遥控爪子对准里面的礼物,然后紧紧地把它夹住,再把爪子移动到出口松开……

用什么遥控爪子?当然靠意念。

意念控制我很擅长,虽然我知道摩图斯比我更厉害。刚才玩打罐头盒游戏时,他只用了三颗球,远距离瞄准,就把所有罐头盒打倒了。

魔爪对他来讲也是小菜一碟。虽然前两次没成功,但他第三次就抓到了大奖。

"哇！许愿笔记本！"摩图斯开心地大叫。

他怎么这么走运！只见他一把抓起许愿笔记本，翻到第一页，用里面附带的小铅笔草草地写下了"魔法苹果"。说时迟，那时快，一个裹着糖壳的魔法苹果噗地一下出现在他的手中。

摩图斯开始啃苹果,一口、两口、三口,呀,他隐身了!

"啊,我也想要一个魔法苹果!你快再写一页。"

"别催我呀!"我只能听得到摩图斯的声音,"你妈妈没给你钱买零食吗?"

"给了啊,但是……用许愿笔记本得来的更有意思!"

"但我可不能这么浪费我的笔记本!"

这倒很有道理:笔记本用一页少一页啊!

轮到我玩魔爪……要是走运的话,我也能抓到大奖!但是,唉,意念控制这项技能,我确实远不如摩图斯……

我一遍又一遍地尝试，摩图斯已经啃完了他的苹果，看我还没成功，他叹了口气："要不，我们玩别的吧？"

"等一下，我就快成功啦！"终于，我抓到了一个奖品。

"哈，太棒啦，是一个预言球！"

预言球可以预知未来。你可以向它提问题，然后使劲摇晃，它就会给你一个回答。我于是大声地问道："明天的天气好吗？"

然后我摇了摇预言球，果然，预言球上的小屏幕显示出了答案：可能吧。

"这算什么回答？"摩图斯对这个结果很不满意，"这不跟没说一样吗？"

第二回
许愿时间

第二天,课间的时候,我们聚在操场上。摩图斯拿出了他的许愿笔记本给小伙伴们看。他先是用许愿笔记本变出了一包魔法糖,吃了这种魔法糖,脸就会变成糖的颜色……

"太好玩了!"马克西姆斯吃了一颗紫色的糖,他的脸一下子变紫了,"你能变出大一些的东西吗?"

"比如,一个足球!"另一个小伙伴兴奋地建议,"我的足球刚好忘带了。"

摩图斯在笔记本上写下愿望,噗地一下,一个崭新的足球就出现啦。这么厉害!大家不由得啧啧称奇,羡慕不已。

我也想引起大家的注意："嗯，你们看，我有一个预言球！"

但是好像没有人听到我说话……

"很遗憾我们没时间踢球了。"马克西姆斯指着时钟提醒大家。

马上就要到九点上课时间了。

"不用担心！"摩图斯边说边在笔记本上写下：把时间推迟15分钟。

只见时钟的分针唰地一下后退了一刻钟，我们的课间延长啦！

"太棒啦！"马克西姆斯开心地大叫起来，他刚刚吃完糖果，脸就变回了正常的颜色。

我再一次想吸引大家："嗯，我说，小伙伴们！你们想预测未来吗？你们可以向我提问题，我的预言球可以回答哦。"

可惜，还是没有人理我，小伙伴们都跑去踢足球了。

　　班主任老师走了出来。她看了看时钟，满脸疑惑。我听到她小声嘀咕："这就奇怪了，是我搞错了吗……"

　　老师吹哨让我们集合，我们不情愿地排起队来。摩图斯趁乱想继续在笔记本上许愿。结果他刚写上"把时间推迟"，就被老师抓了个正着。

班主任老师气坏了:"我就知道有人搞鬼!摩图斯,学校操场禁止使用魔法,我都说多少次了,啊!"

赛比雅老师没收了摩图斯的许愿笔记本,并说要等到放学才能给他。

晚上,摩图斯领回许愿笔记本的时候,我央求他:"老兄,你就把许愿笔记本借我玩玩呗,就一晚上,行不行?"

"没门儿!笔记本就剩一半了,我可不想让你再浪费!"

这下把我惹火了:不懂得分享的朋友,还算什么朋友!

睡觉之前,我向我的预言球又问了一个问题:"要是我不经别人同意就把别人的东西拿走,是不是很不对?"

我摇了摇预言球,屏幕上显示出:你说呢?

好吧,这玩意儿果然什么用都没有……

第 三 回
如果你觉得时机正好……

第二天,摩图斯竟然违抗老师的指令,还是把许愿笔记本带到了学校。

"你疯了吧,"我对他说,"要是老师发现了,肯定就彻底没收,再也不还给你了。"

"没事儿，"摩图斯说，"我不会拿出来的，放学我再玩！"

到了课间，摩图斯果然把笔记本放在书包里没拿出来。这反倒让我产生了一个念头。

午休的时候，我悄悄拿出预言球寻求答案，预言球的屏幕上显示出：如果你觉得时机正好……

小伙伴们都在外面玩。我偷偷跑回教室。

糟糕！教室门锁了！

这难不倒我……

我奔向储藏间。储藏间很小，里面满是灰尘，到处堆着各种各样的杂物：破旧的魔法书、艺术课材料、制造魔药的锅和配料……

在架子上的一个纸盒里,我发现了许多小药瓶,药瓶里装着各种没用完的药水。我逐个翻看标签,终于找到了我想要的"穿墙药水"。太棒啦!我打开盖子喝了一大口,把瓶子放回去,然后确定走廊没人,就赶紧往教室跑。我喝下的药水效果不会持续太久,我必须分秒必争。到了教室,我先伸出手试试,谁知道这药水到底管不管用。

我的手毫无阻力地穿透了墙壁。于是我深吸一口气,整个人钻进了墙里……

成功啦!我一下子置身教室之中,这个药水真厉害!我赶紧来到摩图斯的座位,伸手把他书包里的许愿笔记本掏出来,又迅速把笔记本藏到了我自己的书包里……

没时间耽搁！我太害怕被谁堵在教室里，或者堵在——墙里！嘿！我又一次穿墙而出，幸好药水还没失效。然后我装作若无其事地回到操场上。小伙伴们正在踢球，谁都没有注意刚刚那一会儿我去了哪里。

第 四 回
非常有可能

在接下来的时间里,我过得非常忐忑。我的脸颊发烫,好像发烧了一样。我觉得大家都在怀疑我,每个人看我的眼神都好像是要责问我什么。

午休时候,我独自琢磨着,摩图斯要是发现自己宝贵的笔记本不见了,他会做何反应。

但是我没有想到他发现此事的那一刻,我会正巧在他身边。放学了,我俩一出校门,他就开始掏书包。他左掏掏,右掏掏,翻遍书包的每个夹层,眼见着他的表情越来越紧张。最后他把书包里面的东西一股脑倒在地上,把每本书、每个本子逐页翻找,也没找到他心爱的许愿笔记本。突然,他好像明白过来,绝望地喊道:"有人偷了我的许愿笔记本!"

我试着安慰他:"哦,怎么可能呢。课间的时候,教室门是锁着的呀……"

"一定有人想办法溜进教室了!"

"你确定你早上带了那个笔记本吗?"

"我当然确定!"

"那你得告诉老师。"我假装帮他想办法。

"不行啊,老师不让我把它带到学校来的啊!"

摩图斯气得面红耳赤:"学校里竟然有小偷!"

摩图斯一边把东西收进书包里一边恶狠狠地咒骂着小偷。

我想说点儿什么,但是却张不开嘴。我的脸颊更烫了,我真怕忍不住承认自己的罪行。

幸好,摩图斯到家了,我们默默地分开,什么都没说。

回到家,我跟癞蛤蟆阿尔诺问好。它一下子就看出我有心事:"呱,我亲爱的摩尔迪古斯,你有什么事瞒着我,呱……"

阿尔诺本来是一个王子,所以它仍然保持着王子的架势。

我什么都没说,径直跑到我的房间,把书包扔进了角落。

我从书包里拿出许愿笔记本,但却没心情玩,只好又把它放进了书桌抽屉里。

我整个人都觉得很不舒服,就好像吃糖吃多了。

我拿起摆在桌角的预言球,大声问它:"我是不是做错了?"

我摇了摇预言球,屏幕上显示出:非常有可能。

第 五 回
没有别的办法

　　第二天是星期六。我想找摩图斯玩，但我不敢给他打电话。心烦意乱之下，我拿出了许愿笔记本，在上面乱写了一个愿望：我要最新一期的《魔法学徒》。一眨眼，我的愿望就实现了，太棒了！

接下来的半小时,我专心地读完了杂志里精彩的故事。然后我又心烦起来。我想再用笔记本实现点儿什么,但是考虑到笔记本的页数所剩无几,我有些犹豫。可我又实在忍不住,所以我对自己说:"就写最后一个愿望,最后一个……"

我一直想试试隐身,但妈妈不允许,她说这不是我这年龄能做的。但是,既然我有了笔记本……

我于是在笔记本里写道：我要隐身。

然后我跑去照镜子，啊，镜子里面果然什么都没有！我真的隐身了……

可是，如果没人知道，那我隐身有什么用呢？所以我很快就觉得隐身没什么意思。为了恢复正常，我又浪费了一页！

我想让笔记本变一些电子游戏出来，但是如果没有摩图斯，我跟谁玩呢？我可不想跟阿尔诺玩，它这个大嘴巴，肯定会把我的事儿说出去。

要不，我还是给摩图斯打个电话吧，问他要不要去公园玩魔力球？

不行，他丢了许愿笔记本肯定还在伤心，而且我实在害怕自己忍不住会招供。也许，他已经开始怀疑我了？

哎呀，快烦死了！我一心烦，肚子就饿。所以我决定让许愿笔记本给我变一个大蛋糕出来。

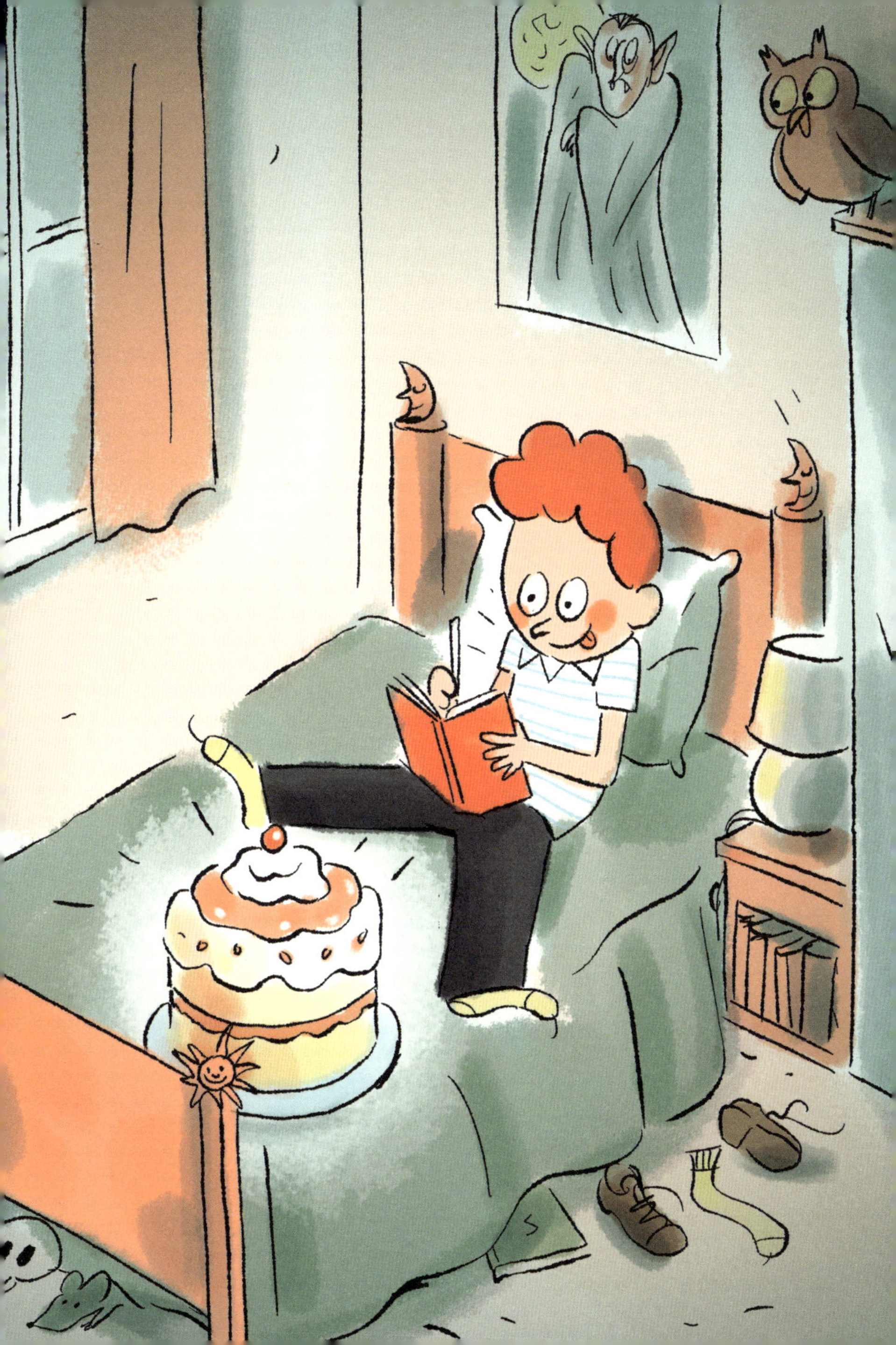

吃完了蛋糕，我又让它变出一堆糖果。然后又变出更多糖果。

天哪！不知不觉间，笔记本快用完了，等我察觉的时候，只剩下两页了！

一瞬间，我感觉头晕目眩，肚子也开始疼起来。肯定是糖果吃多了，肯定是……

我抓起预言球问出了一直困扰我的问题："怎么才能弥补自己的过失呢？"

我摇了摇预言球，屏幕上显示出：没有别的办法。

预言球，我真是谢谢你，唉，到底该怎么办呢？

第六回
当然啦!

星期一,一大早,我就做出了决定:我要把笔记本还给摩图斯。

午休的时候,我故技重施。趁着老师看着大家在操场上踢球的机会,我悄悄地溜进教学楼。

储物间里，药瓶中的穿墙药水所剩无几，我把它喝得干干净净，一滴都不剩。

要动作迅速，谁知道这点儿药水能撑多久。

但是，我刚把头伸进教室，就惊讶地发现摩图斯竟然在教室里，他坐在自己的座位上正在本子上奋笔疾书……

他好像察觉到有人，扭过头向我的方向看来！我赶紧把头缩回墙里。他自己在教室干什么呢？没写完作业？我可真是走运啊！

我当然可以用许愿笔记本隐身,但摩图斯会听到有人,因为即使隐身也会发出脚步声,而且万一我踢到椅子,或者……

看来我只能先把摩图斯引到教室外面,然后才能把笔记本放回他的书包。怎么办呢?

啊,有啦!我在笔记本上写下:我要隐身。

我把笔记本放进口袋，走过去敲教室的门。教室里响起了挪动椅子的声音，然后是一阵脚步声，摩图斯来到了门前。他打开门，左看看，又看看，他肯定看不到我，于是他耸耸肩，又把门关上了。

我只好再敲门，这次我用力地敲了三声。

摩图斯再次打开门，再一次什么人都没看到，他问道："有人吗？是谁啊？"

当然没人回答,于是他又关上门,一边回座位一边嘟囔着什么。

我没办法,只能第三次敲门。只听见摩图斯猛地推开椅子飞奔到门口。这次他一把拉开门,冲到走廊里,想抓住捣蛋的人……机会来了!我赶紧穿墙进了教室。

时间紧迫,摩图斯回来之前,我得把笔记本塞进他的书包,还得穿墙出去……

可是,我还没来得及实施计划,摩图斯就踏进了教室。他关上门,向自己的座位走来,他的眉头皱了起来。

我一动不敢动,一点儿动静都可能让他察觉。我的额头一下子冒出了冷汗。突然,摩图斯大声发问,把我吓了一大跳:"摩尔迪古斯?是你吧!我就知道!"

我咬紧牙关不出声。

"你还是承认吧……反正你许的愿很快就会过期。"

这倒是真的！教室洗手池上面的镜子里已经渐渐现出了我的身影。我长叹一声："你怎么知道有人？"

"你觉得呢？你是不是觉得笔记本也能隐身？"

我低头一看，啊，我手里的笔记本，正莫名其妙地飘浮着……

可不是嘛，我能隐身，但不代表笔记本也能同时隐身啊！

所以，我被摩图斯当场抓获！

既然这样，我就把心里所有的羞愧、纠结和歉意都说给了摩图斯。让我惊讶的是，摩图斯不但没怪我，还跟我道歉，说他不把笔记本给我玩是他的不对。但是他也说，无论如何偷拿别人的东西也是没道理的。好朋友之间，更不该这样。

摩图斯翻开笔记本："哦，只剩最后一页了！"

"对不起，"我嘟囔着，"我丧失理智，控制不了我自己……"

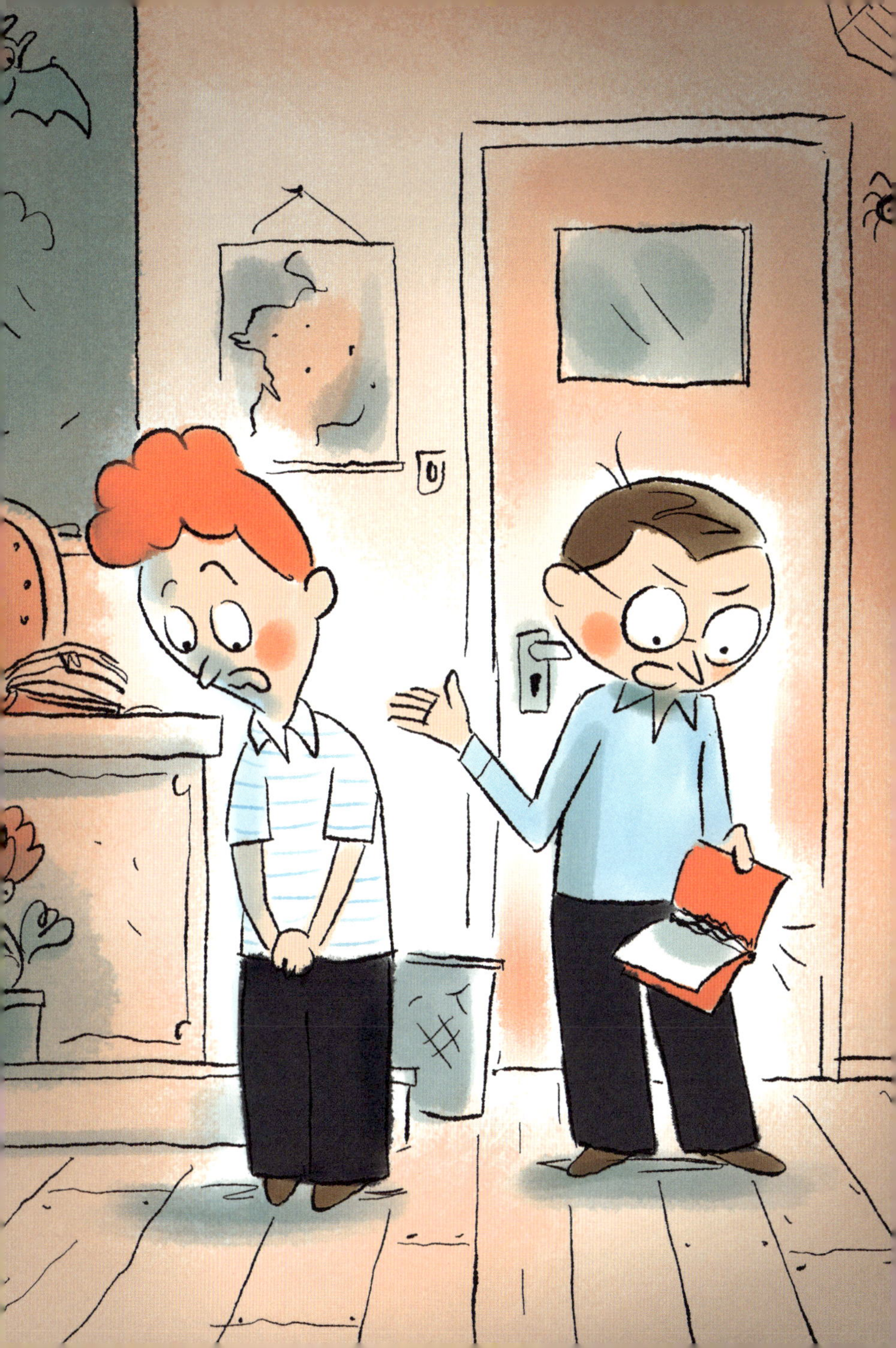

摩图斯想了想,在最后一页上写道:让我原谅摩尔迪古斯。

"好啦,这样我们就会把不愉快的事情都忘掉啦!"

看到了吗?这就是好朋友该有的样子!我从口袋里拿出预言球,很用心地提出一个问题:"我们还能做朋友吗?"

我摇了摇预言球,这次,屏幕上显示出:当然啦!